AF319967

DIVAGATIONS

poésies

PAR RAFAEL DE CORDOVA & FÉLIX MOUTTET.

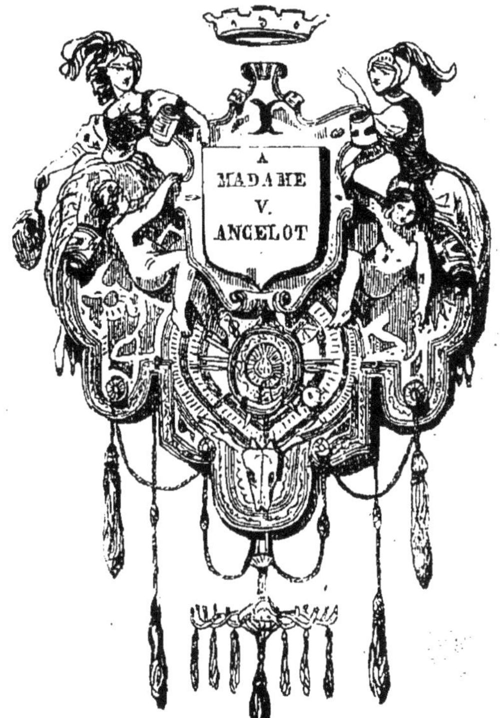

LE GALLOIS ÉDITEUR.

1843

DIVAGATIONS.

Imprimerie de Pecquereau et Cⁱᵉ, rue de la Harpe, 58.

DIVAGATIONS

poésies

PAR RAFAËL DE CORDOVA & FÉLIX MOUTTET.

PARIS

AUGUSTE LE GALLOIS, ÉDITEUR.

EN VENTE

CHEZ MARTINON, 4, RUE DU COQ.

—

1845

A
MADAME
V.
ANCELOT

Les pauvres pèlerins, quand ils vont en voyage,
A leur sainte patronne adressent leurs adieux...
La Vierge, qui reçoit leur saint et pieux hommage,
Bénit en souriant leurs pas aventureux !
Comme eux, nous embarquant sans guide sur la terre,
Nous implorons, Madame, un appui noble et doux ;
Soyez notre bon ange en ces temps de misère,
Afin que nous partions en priant Dieu pour vous !

Messieurs,

Je voudrais que mon nom pût, en effet, porter bonheur aux essais gracieux et purs de deux jeunes poëtes; car je suis bien éloignée de penser que la poésie est inutile et que la société puisse la dédaigner sans inconvénients.

Je crois même que, s'il est des époques où les charmantes rêveries de l'imagination et les poétiques élans de l'âme vers un monde enchanté soient plus nécessaires que dans toute autre, c'est dans le temps où nous vivons.

La vie devient chaque jour plus prosaïque, les intérêts plus petits, les habitudes plus vulgaires, les passions plus personnelles : il faut donc que les esprits distingués mettent leur talent au service des plus nobles inspirations de l'âme, afin d'attirer, s'il est possible, à leur suite ceux qui marchent toujours vers cette lumière qu'on appelle *la gloire*. L'inspiration vient du ciel; elle doit servir à mettre en communication avec lui ! Assez de petits liens retiennent à la terre; on ne risque guère maintenant d'en trop détacher ses idées.

Courage donc, Messieurs, et honneur à vous ! Vous commencez sous de beaux auspices la noble carrière des lettres. Les idées élevées et délicates sont les meilleures garanties de succès. Les ouvrages sont comme les personnes : ils plaisent par ce qu'ils ont de bon, d'aimable et de généreux !

VIRGINIE ANCELOT.

20 février 1843.

PREMIÈRE PARTIE.

☙

SAINTE FAMILLE.

Le Bon Ange.

❖

C'était l'heure du soir où le sylphe bleu rase
     La surface des fleurs,
L'heure où sentant tomber sur sa robe de gaze
     Du ciel l'ombre et les pleurs,

Il ferme en frissonnant ses deux ailes brillantes,
    Émeraude et saphir,
Et, le corps tout baigné de gouttes scintillantes,
    Se penche pour dormir !

C'était l'heure du soir où l'astre des nuits brille,
    Sublime majesté,
Où, guide radieux, l'étoile qui pétille
    Dans un ciel argenté,
Comme un divin rayon répand sur notre route
    L'éclat de ses rubis,
Et puis humble s'envole à la céleste voûte,
    Loin de nos yeux ravis !

C'était l'heure lugubre où les peupliers tremblent
    Au vent plaintif des nuits ;
C'était l'heure nocturne où les morts se rassemblent
    Dans leurs sombres réduits ;
C'était l'heure plaintive où tout est solitaire,
    Triste, silencieux,
Où tout écho perdu sur notre pauvre terre
    Remonte vers les cieux !

Et pensif j'écoutais le frôlement des ailes
Du sylphe s'envolant vers les noires tourelles...
Et mes yeux regardaient les peupliers tremblants
Incliner le sommet de leurs feuillages blancs...
Puis cette pauvre étoile éclose en un ciel pâle
Qui répandait sur moi sa lumière d'opale,

Quand soudain apparaît à mes regards ravis
Comme un ange envolé du céleste parvis,
Une fée adorable aux formes langoureuses
Que voilent saintement deux ailes vaporeuses ;
Ses deux bras arrondis se croisent sur son cœur,
Pareils à deux beaux lis entourant une fleur,
Plus fraîche que Vénus sortant du sein de l'onde,
Une robe d'azur de ses longs plis l'inonde.
Sur son front adoré rayonnent ses quinze ans...
A voir sa chevelure aux grands anneaux flottants
On dirait les cheveux de la Vierge Marie, .
Tant ils tombent soyeux de sa tête chérie,
Caressant son beau sein d'un brillant reflet d'or.
Son âme, pâle fleur, son âme, pur trésor,
Comme une transparence adorable et mystique
Enveloppait son corps d'un rayon poétique !
Qu'elle était noble ainsi dans son étrangeté,
M'inondant de l'éclat de sa sainte beauté !
Comme je la voyais... radieuse et divine !...
Puis sa voix révélait sa sublime origine,
En soupirant tout bas cet accent douloureux
Que l'ange du Seigneur chante aux cœurs malheureux !

Oh ! me disait la voix, pauvre enfant de la terre,
Pourquoi toujours pleurer, pourquoi toujours gémir ?
Pourquoi, chargé d'ennuis, ton front pensif, austère,
Se couvre-t-il ainsi de l'ombre solitaire
      Qui cache le plaisir ;

Pourquoi, quand le soleil, ce puissant roi du monde,
Vient réchauffer nos cœurs de ses rayons brûlants ;
Pourquoi, quand tout fleurit sous sa flamme féconde,
Que l'épi montre au ciel sa tête douce et blonde
     Que caressent les vents ;

Pourquoi, quand tout renait à la joie, à la vie,
Que l'oiseau dit à Dieu son cantique d'amour,
Que la rosée au soir de doux parfums suivie
Se penche mollement sur la rose ravie,
     En attendant le jour ;

Pourquoi ne plus ouvrir ton âme à l'espérance,
Comme la pâle fleur à la brise du soir ?
Pourquoi garder au cœur cette amère souffrance
Quand vient luire sur toi le jour de délivrance,
     Le grand jour de l'espoir ?

Oh ! viens boire à longs traits cette coupe divine
Où Dieu versa pour nous l'ambroisie et le miel ;
Oh ! relève ton front que la pensée incline,
Et marche fièrement dans ta grâce enfantine,
     En regardant le ciel !

Oh ! m'écriai-je alors, Dieu sous sa sainte garde
M'a pris, moi, pauvre enfant qu'ici nul ne regarde...
Il a rendu l'espoir à mon cœur attristé...
En étendant sur moi la main de sa bonté,
A la douleur amère a fait place la joie,

Et dans un chaste amour tout mon être se noie.
Oh ! qu'il est doux de vivre alors que le Seigneur
Vous montre un horizon de calme et de bonheur !
Qu'ils sont riants et purs ces beaux jours de l'enfance,
Dont rien ne peut ternir la fraîche souvenance !
Quelle ivresse à revoir l'arbre aux rameaux ombreux
Où l'on venait rêver, poëte langoureux !
Quel plaisir à chercher sous une roche humide
L'onde du clair ruisseau qui se cache timide !
La fleur de la prairie a pour vous plus d'attraits ;
On lui chante tout bas sa joie ou ses regrets,
Puis on court tout pensif sous les bosquets de roses
S'incliner devant Dieu pour tant de douces choses...
Oh ! ma fée adorable, ô vous qui sur mes jours
Répandez saintement l'ombre de vos amours,
      Protégez-moi toujours !

    Car c'est vous, ma Vierge Marie,
    Compagne de ma rêverie,
    La sainte divine et chérie
       De mon cœur.
    Oh ! oui, c'est vous l'ange et la femme,
    Le pur rayon, la pâle flamme
    Et le seul trésor de mon âme,
       O ma sœur !

Puis, tout s'évanouit. . . . .
. . . .
Seulement, cette voix, écho d'un autre monde,

Soupira bien longtemps ces doux chants inconnus,
Et mon cœur l'écoutait dans une paix profonde
Comme un ange adoré qu'on ne reverra plus !

———◦✳◦———

A une Jeune Fille.

◇

Si j'aimais une femme,
Je voudrais, mon trésor,
Qu'elle eût tes yeux de flamme,
La candeur de ton âme
Et tes longs cheveux d'or !

Je voudrais, ô ma reine,
Qu'elle eût tes blanches mains,
Ta taille souveraine,
Et la grâce sereine
De tous tes traits divins !

Je voudrais, bien-aimée,
Qu'elle eût ta voix du ciel,
Ta tête parfumée,
Ton haleine embaumée,
Parfum, douceur de miel !

Je voudrais, saint délire,
Qu'elle eût pour m'enflammer
Ton cœur, céleste lyre,
Dont chaque accord soupire
Ce divin mot : aimer !

A ce prix, blanche femme,
Bel ange, saint trésor,
Je donnerais mon âme,
Et ma vie et ma flamme,
Et puis... que sais-je encor ?

Je donnerais l'ivresse
De mes jours les plus doux,
Ma brûlante tendresse,
Et l'amour qui m'oppresse
Quand je suis à genoux !

A genoux, ô ma belle,
A genoux, devant toi,
Alors que ta prunelle,
Rayonnante étincelle,
Vient se fixer sur moi !

Car, tu sais, ô Marie,
Tes yeux bleus, c'est mon ciel ;
Ta voix, ma rêverie ;
Ton ombre, ma patrie ;
Ton âme, mon autel !

Aussi, pour toute grâce,
Au déclin de mes jours
Je ne veux qu'une place
Qu'aucun autre n'efface
De ton cœur, mes amours !

Paris, 20 janvier 1843.

DEUXIÈME PARTIE.

Ivresse.

Je suis calme, la vie est pour moi si nouvelle,
Les champs ont tant de fleurs, et du lac argenté,
Ma sœur, je trouve l'onde et si pure et si belle
Depuis que le Seigneur m'a rendu la santé !...

Oui, je veux à genoux bénir ce tendre père
    Dont la voix nuit et jour
Endormait mes douleurs en me criant : Espère!...
    Espère, enfant, dans *son* amour!...
Ah! je ne souffrais plus quand passait dans mon âme
    Ce chant venu du ciel,
Je m'élançais vers Dieu sur des ailes de flamme,
Et de ces doux accents je savourais le miel!...
Il m'a rendu la vie! il m'a rendu la joie!...
Dans des flots de bonheur tout mon être se noie...
De tout ce qui m'est cher, je veux, avant la nuit,
Visiter à pas lents le paisible réduit!
Je veux revoir mes fleurs, ma colombe si douce,
Et puis aller m'asseoir sur notre banc de mousse!
A l'ombre du tilleul dont les jeunes rameaux
Sur nos fronts se courbaient en gracieux arceaux!

. . . .

Mais de ce saint bonheur dont mon âme est charmée
Je ne puis jouir seule, ô ma sœur bien-aimée!...
Lorsqu'il est tant de pleurs à sécher ici-bas,
Tant de cris douloureux que nous n'entendons pas...
Je veux encor aller aux pieds de la Madone
Déposer de lilas une chaste couronne.
J'irai, pour qu'à son fils elle porte mes vœux,
L'invoquer en faveur de tous les malheureux...
Oui, pour eux dans mon cœur cherchant un doux accent,
Aussi doux que la voix d'un séraphin qui prie
    Devant l'image de Marie,
Ma sœur, j'abaisserai mon front convalescent!...

Souvenance.

Hélas ! nos plus beaux jours s'envolent les premiers !

VIRGILE.

. . . .

Quand je rêve à ces jours tout brillants d'innocence
    Dont la trame est de soie et d'or,
A ces jours que le ciel ne fit que pour l'enfance
Et que le souvenir nous rend plus chers encor,
Je sens vibrer mon cœur, l'illusion m'entraîne

* * *

Et montre à mes regards la plage armoricaine !
Je les revois, ces lieux pour moi remplis d'appas,
Lieux qui virent fleurir le printemps de ma vie,
Où chaque objet me parle une langue chérie...
Sur le sable argenté j'imprime encor mes pas,
J'écoute le bruit sourd de la vague qui roule,
      Et, loin d'une indiscrète foule,
Je souris et je pleure à ces doux souvenirs
Qui m'offrent le tableau de mes premiers plaisirs !

. . . .

Là voilà cette rive où, joyeuse et légère,
Souvent je folàtrais à côté de ma mère...
Où de sable élevant de fragiles châteaux,
S'ils venaient à crouler j'en formais de nouveaux...
Là je mêlais mes chants aux chants de mes compagnes,
Chants joyeux que l'écho répétait aux montagnes :
Ces agrestes rochers suffisaient à mes goûts...
Je ne connaissais point de rivages plus doux !
Depuis j'ai parcouru des champs que la nature
Se plaît à revêtir d'une riche parure,
J'ai vu les frais vallons et les riants vergers
Que la Neustrie étale aux yeux des étrangers ;
Mais que sont-ils pour moi, dont les sombres pensées
Me ramènent sans cesse à ces heures passées
Aux lieux où de Folgat surgit l'humble cité,
Folgat, heureux séjour par la paix habité !
Combien ils me plaisaient ces lieux que ma voix chante,
Ces lieux dont la mémoire et m'enivre et m'enchante,
Plage inculte où j'aimais à prendre mon essor,

Où quelques blancs cailloux me formaient un trésor,
Où de joyeux accents descendus des collines
Provoquaient au milieu des troupes enfantines
Ces rires de bonheur dont les bruyants éclats
Des flots tumultueux dominaient le fracas,
Où, pour mieux contempler une barque rapide
        Que dirigeait un habile nocher,
Souvent j'allais m'asseoir sur le bord d'un rocher,
        Suivant de loin sa voile humide...
Il était près de moi, sa main pressait ma main...
Nos deux cœurs palpitaient d'une égale vitesse...
        Bienheureux de notre tendresse,
En nous quittant, le soir, nous disions : A demain !

. . . .

Qu'il est doux de rêver à ces jours d'innocence
        Dont la trame est de soie et d'or,
A ces jours que le ciel ne fit que pour l'enfance
Et que le souvenir nous rend plus chers encor !

Désespoir.

✧

J'ai souffert! bien souffert!... Je l'aimais cette femme!
Et pourtant sans remords, en me voyant mourir,
Aux pieds d'un autre amant elle effeuillait mon âme
        Et parlait d'avenir!...

L'avenir ! Oh ! sais-tu, dangereuse liane
Qui t'enlaces partout sans jamais t'attacher,
Sais-tu , visage d'ange et cœur de courtisane,
Le mal que fait ce mot quand il faut l'arracher
   Sans pitié de sa vie?

. . . .

Les champs couverts de fleurs semblent des champs arides
Où du soleil jamais on ne voit les rayons ;
Au cœur vient le dégoût, au visage les rides,
Avec leur couleur pâle et leurs hideux sillons ;
On vieillit vite alors que de la fleur qu'on aime
Le parfum est flétri sous des baisers brûlants,
Et le malheur au front nous fait un diadème
   Avec des cheveux blancs!...

❀

Dans le fou qui délire il ne faut rien blâmer,
Ses chants du soir, son cœur qui sait si bien aimer,
Sa haine ou son amour, les rêves de sa vie...
Tout jusques à ses pleurs n'est que douce folie...

Et le monde, en passant, le regarde en pitié.
On s'éloigne, on a peur, on le dit insensé!...
O vous qui dans un bal m'apparûtes si belle,
Vous pour qui je sentis une flamme nouvelle
S'emparer de mon cœur et de ma tête en feu,
Un seul mot de pardon, car vous êtes mon dieu ;
Un doux regard d'amour, car déjà ma paupière,
Veuve de votre aspect, se ferme à la lumière,
Et déjà sur mon front des messagers du sort
Ont marqué la pâleur, le glacis de la mort!...
De la mort!... Oh! pitié! mourir! non, pas encore !
Laissez-moi contempler cet ange que j'adore!...

Au ciel, en ce moment, l'orage noir grondait,
Et le fou lentement en pleurant répétait :

Regardez ces beaux yeux, ce visage de reine,
Ces longs cils inclinés, ces beaux cheveux d'ébène,
Cette bouche divine, image de son cœur,
Où semble errer toujours un sourire enchanteur!...
Qu'elle est belle, ô mon Dieu! quelle sublime ivresse
De toujours à genoux lui parler de tendresse,
De lui dire : Je t'aime ! et dans un gai séjour
A ses pieds se rouler et s'enivrer d'amour!...
Mais qu'entends-je? quelle est cette triste harmonie
Qui voltige dans l'air?... Est-ce encor ma folie
Qui, sans espoir pour elle et sans pitié pour moi,
Vient me dire toujours : Tu dors, éveille-toi!...
Eh bien! tu l'as voulu, je te rends ton empire...

Vois, je pleure, je ris, ma tête est en délire...
Dans ma rage de feu j'ose troubler les airs,
Je blasphème le ciel et maudis l'univers !...
Oh ! je souffre... j'ai peur... cette chaleur me brûle !
Quel est donc ce démon qui près de moi circule ?...
Attendez... c'est encor son visage et sa voix...
Merci, démon, merci ! maintenant je te vois !...
Adieu, la mort m'appelle, et le fou qui succombe
Retrouvera bientôt sa raison dans la tombe !

. . . .

Sérénade.

Ah! si j'étais le capitaine
Qui commande en roi dans la plaine,
Tu porterais, ma châtelaine,
Le collier d'or!

Je te ferais, sainte adorée,
Sous les joyaux, riche et parée,
Ayant beau page à ta livrée,
        O mon trésor !

Je poserais sur ton front d'ange,
Avec la couronne d'orange,
Une parure à riche frange,
        A mille feux !
Et tu serais si grande dame
Que tout seigneur, duc ou vidame,
Implorerait la douce flamme
        De tes doux yeux !

Ah ! si j'étais le sylphe rose
Qui vient, le soir, quand tout repose,
Se pencher sur ta bouche close,
        Fraîche toujours !
Je te dirais, mon bien suprême,
Un mot plus doux que ta voix même,
Ce divin mot : Ah ! viens, je t'aime !...
        Sois mes amours !

Mais ne suis pas le capitaine
Ni le sylphe errant dans la plaine,
Et tu n'es pas la châtelaine
        Au beau collier !
Car, moi, je n'ai, ma jouvencelle,
Pour tout trésor, qu'une escarcelle...

Et puis au cœur... l'amour fidèle
D'un écolier !

Cluny, 1842.

Fragment.

✚

. . . .

Non, vous n'avez jamais senti de cette ivresse
Le feu qui brûle et tue en donnant le bonheur,
Oh ! vous, qui ne puisez au sein d'une maîtresse

Que des baisers flétris par le vice rongeur !...
Mais si, comme un enfant dans un berceau de rose,
Vous eussiez comme moi respiré cet amour,
Fleur charmante du cœur tout fraîchement éclose,
Et qui rougit de peur en regardant le jour,
Oh ! vous eussiez maudit ces folles saturnales,
Où le punch en brûlant ternit la volupté,
Vous eussiez loin de vous jeté ces bacchanales
Où le plaisir effraie un bonheur trop hâté...
Votre cœur, s'animant d'une sainte colère,
Au ciel aurait jeté cet effroyable cri :
Suis-je donc un maudit, mon Dieu, sur cette terre?
Ma vie est-elle, hélas ! un enfer travesti? —
Enfant, eût dit le ciel, enfant, calme ton âme...
Autour de toi, regarde, il est un gai verger...
Rallume à mon soleil ta généreuse flamme,
Fille du ciel mourant dans un air étranger...
Loin de toi désormais cette femme vendue
Qui n'est plus qu'un cadavre, un démon infernal !
Lève la tête, enfant !... L'ivresse t'est rendue,
Et ta blanche candeur reprend son piédestal...
Alors, ainsi que moi, sur la vague nouvelle
Vous eussiez doucement laissé voguer l'esquif,
Et, nocher plein de foi, d'une rive plus belle,
Vous eussiez parcouru la grève sans rescif...
Une femme, un enfant, pâle et frêle colombe,
Dans ses bras mollement vous eût conduit au port,
Ensemble vous eussiez trouvé dans une tombe
Ce beau lit du repos qu'on appelle la mort...

Ensemble, prêts à fuir le désert de la vie,
Des portes du trépas prêts à franchir le seuil,
Vous eussiez, comme moi, l'âme pleine et ravie,
Vous eussiez dit tous deux dans le même cercueil :
Non, vous n'avez jamais senti de cette ivresse
Le feu qui brûle et tue en donnant le bonheur,
Oh ! vous, qui ne puisez au sein d'une maîtresse
Que des baisers flétris par le vice rongeur !

. . . .

. . . .

Ma Cousine Marie.

○

Si vous vouliez, un soir, ma cousine Marie,
Nous irions tous les deux
Nous reposer là-bas, au fond de la prairie,
Dans les vallons ombreux ,

Et là je vous dirais de merveilleuses choses...
      Je vous raconterais
L'amour mystérieux des brises pour les roses,
      Des morts pour les cyprès !
Je vous dirais pourquoi le sylphe aux ailes pâles,
      Quand le ciel tombe en pleurs,
Vient baiser en passant les coroles opales
      Des frissonnantes fleurs !

Ah ! si vous le vouliez, ma cousine Marie,
      On est si bien à deux
Pour aller s'égarer au fond de la prairie
      Dans les vallons ombreux !
Là je vous chanterais les ballades mystiques
      Des trouvères errants,
Puis des fiers cavaliers sous les balcons gothiques
      Les refrains enivrants ;
Je vous dirais encore histoires cavalières,
      Hauts faits des anciens preux,
Charmants propos d'amour des dames chevalières
      Aux pages langoureux !

Ah ! venez donc un soir, cousine tant chérie,
      Tout au loin, dans les bois,
A l'heure où l'on n'entend que la grande harmonie
      Des éternelles voix !
Car à cette heure sainte où tout dort sur la terre,
      Moi seul, à vos genoux,
Je vous dirais pourquoi ce cœur tant solitaire

Ne vit plus que de vous !
Pourquoi vos yeux divins qu'un Dieu puissant enflamme
　　Me brûlent de leur feu !
Pourquoi je vois s'enfuir mon bonheur et mon âme
　　A ce seul mot : Adieu !

　　. . . . .

Puis on n'entendit plus que la brise amoureuse
Qui dans les bois ombreux se perdait, langoureuse,
　　Comme un son passager...
Alors la belle enfant, dans sa candeur muette,
Donna, pour guérison à mal de doux poëte,
　　Blanche main à baiser !

Plessy-les-Bois, 1842.

Laissez-moi prier Dieu.

Écoutez! c'est le son de la valse mourante!
Assez du bal! assez de bonheur et d'espoir...
La cloche me rappelle avec sa voix vibrante
La prière du soir!...

Mots d'amour, douce ivresse
Qui revenez sans cesse
Comme un songe de feu !...
Fuyez, c'est l'heure sainte ;
Dans la pieuse enceinte
Laissez-moi prier Dieu !...

Prier... non, je ne puis... en vain mon cœur lui-même
Voudrait penser au ciel qui berce mon sommeil...
Il est là, toujours là ; sa bouche dit : Je t'aime...
        A bientôt le réveil !...

Mots d'amour, douce ivresse
Qui revenez sans cesse
Comme un songe de feu !...
Fuyez, c'est l'heure sainte ;
Dans la pieuse enceinte
Laissez-moi prier Dieu !...

En vain j'ai murmuré quelques mots de prière,
Sur mes lèvres toujours ils venaient expirer !
Je n'ai pensé qu'à lui : pardonne-moi, ma mère ;
        J'ai dormi sans prier !...

Mots d'amour, douce ivresse
Qui reveniez sans cesse
Comme un songe de feu !
La nuit s'est envolée,

Mon âme désolée
N'ose plus prier Dieu !

Quand la brise du soir, plaintive et désolée,
T'appellera de loin, dans la triste vallée,
Soupirant un doux mot en qui ton cœur a foi...
Pense à moi !...

Quand tu viendras le jour, à l'ombre du vieux saule,
Te mirer au ruisseau, tes cheveux sur l'épaule,
Comme je t'y surpris un jour, pâle d'effroi,
        Souviens-toi !...

Quand ton cœur sera seul, que ton âme glacée
S'endormira sans bruit dans sa sombre pensée,
Sans consolation, sans amis près de toi,
        Viens à moi !...

Orchez , 1842.

La Cruelle.

❦

Ah ! vous êtes si belle,
Cruelle,
Et vos yeux amoureux,
Si bleus,

Ont laissé dans mon âme
          La flamme
    Qui brûlera mes jours
          Toujours !
Hélas ! c'est en vain que j'implore
Un doux pardon de votre cœur ;
Jamais vos beaux yeux, que j'adore,
Ne me feront croire au bonheur !
Pourtant, moi, je vous aime encore,
Malgré votre froide rigueur...

Oh ! dites-moi, charmante amie,
Ne dois-je plus rien espérer ?
Cet amour, bonheur de ma vie,
Pour toujours doit-il s'envoler ?...
Oh ! non, ce pardon que j'envie
De vos yeux vient de s'échapper !...

    Et la douce cruelle,
          Rebelle,
    Consentit de ses yeux
          Si bleus
    A garder dans son âme
          Sa flamme,
    Qui brûlera nos jours
          Toujours !

❋

Elle est partie! et moi je pleure
Dans mon désert, seul comme Agar!
Et quand la cloche tinte l'heure

Où s'illuminait ma demeure
A l'aspect de son doux regard ,
Mon âme gémit oppressée
Au souvenir de mon bonheur,
Et dans ma douleur insensée,
Élevant au ciel ma pensée,
Je pose la main sur mon cœur,
Et je dis : Mon Dieu , toute chose
Paraît et passe sans retour,
La fleur se fane à peine éclose
Et la nuit vient tacher le jour,
Toute idole que l'on adore
S'écroule, hélas! au jour prescrit,
Et tout amour se décolore
Comme tout parfum s'évapore,
Comme toute fleur se flétrit !

. . . .

. . . .

Voilà bien cette route aux ondes parfumées
Qu'elle suivit un jour en arrivant des cieux !...
Je reconnais ces fleurs... je les avais semées
Moi-même sous ses pas... Oh ! mon doux ange, adieu !

Mais où donc ira-t-elle
Cette reine de mes amours ?
Comme l'hirondelle
A l'approche des mauvais jours,

Hélas! d'un coup d'aile
La cruelle
M'a fui pour toujours!

Le Roi des Flots.

(LÉGENDE).

O noirs corbeaux,
Sombres oiseaux !
Que votre voix plaintive, amère,
Votre cri sombre et funéraire,

Viennent se joindre à mes sanglots !
Il est parti, mon pauvre Pierre,
Le beau marin, le beau corsaire,
Mon fiancé, le roi des flots !...
Passez, passez, ô noirs corbeaux,
    Sombres oiseaux !

    O noirs corbeaux,
    Sombres oiseaux !...
Comme la mer était limpide,
Son brigantin filait rapide
En se mirant au fond des eaux,
Et doucement la vague humide
Se déroulait blanche et timide
Sur les sabords des grands vaisseaux !...
Passez, passez, ô noirs corbeaux,
    Sombres oiseaux !

    O noirs corbeaux,
    Sombres oiseaux !
Mon Dieu ! la mer au loin s'agite...
Le brigantin passe bien vite
Sur le sommet blanchi des flots !
O mer infâme, ô mer maudite,
Comme ton sein bondit, palpite
En étreignant nos matelots !
Passez, passez, ô noirs corbeaux,
    Sombres oiseaux !

          Ô noirs corbeaux,
        Sombres oiseaux !
Deuil et terreur ! quelle nuit sombre !
Pas un signal, une pauvre ombre
Sur cette mer aux lourds sanglots !
Oh ! vois, mon Dieu, mes pleurs sàns nombre !...
Sous ton ciel noir, là-bas, il sombre
Le brigantin du roi des flots !...
Criez, criez, ô noirs corbeaux,
        Sombres oiseaux !

          O noirs corbeaux,
        Sombres oiseaux !
Avez-vous vu, loin du rivage,
Des mâts brisés ? loin de la plage,
Des corps flottants sur des radeaux ?
Puis, calme et beau, pendant l'orage,
Un fier marin, plein de courage,
Qui commandait les grands vaisseaux ?...
Criez, criez, ô noirs corbeaux,
        Sombres oiseaux !

          O noirs corbeaux,
        Sombres oiseaux !
Tout est fini ! La mer est belle,
L'étoile, au soir, pâle étincelle,
Vient luire au front de leurs tombeaux !
Car ils sont morts, rage éternelle !
Ayant l'éclair, l'étoile frêle,

L'astre des nuits, pour tous flambeaux !...
Criez, criez , ô noirs corbeaux,
    Sombres oiseaux !

Folgoat (Bretagne), 1842

Berceuse.

✠

« Dors, ô mon bel enfant
« Dors, ma fille chérie!
« Et que ta rêverie
« S'écoule lentement.

« Vois-tu ce bon génie
« Qui chante le bonheur ?
« Sa voix, sainte harmonie,
« Parle à ton jeune cœur !
« Puis inclinant son aile
« Sur ton front gracieux,.
« Il ferme ta prunelle
« A la clarté des cieux !...

« Oh ! sois calme et repose,
« Mon adorable enfant ;
« Sur tes lèvres de rose
« Il se penche en tremblant ;
« Car la Vierge Marie
« Vient de le rappeler,
« Et l'ange de ta vie,
« Hélas ! va s'envoler !

« De ta folle jeunesse
« Il protége les jours ;
« Sa brûlante tendresse
« A toi sera toujours ! »
Et la mère attentive,
En berçant son enfant,
D'une voix plus plaintive
Répétait doucement :

« Dors, ô mon bel enfant !
« Dors, ma fille chérie !

« Et que ta rêverie
« S'écoule lentement ! »

Ce qu'il nous faut, à nous.

✧

Ce qu'il nous faut, à nous, ce sont de grandes plaines
          Où paissent les troupeaux ;
Ce sont, au fond des bois, de bien blanches fontaines
          Aux limpides ruisseaux ;

C'est, dans un beau vallon, une simple chaumière
    Avec son ciel d'azur;
C'est de voir le soleil, à travers la clairière,
    S'éteindre calme et pur !

Ce qu'il nous faut, à nous, c'est le paisible ombrage
    Auprès du vieux manoir,
Où nous allions souvent, à la fleur de notre âge,
    Nous reposer le soir !
Ce qu'il nous faut aussi, ce sont les belles fêtes
    Qu'on regarde à genoux,
Et que le Dieu du ciel donne à ses chers poëtes,
    Loin des regards jaloux !

Mais ce qu'il nous faudrait par-dessus toutes choses,
    Ce sont les prés fleuris
Où l'on sent en passant le doux parfum des roses,
    Des roses du pays !
Oui ! ce qu'il nous faudrait, c'est l'ombre des montagnes
    Où naquit notre amour,
C'est de voir sur le seuil nos sœurs et nos compagnes
    Nous attendre au retour !

Touraine, 1842.

Moi, j'aime un vent d'orage
Qui gémit avec rage,
Ébranlant le vitrage
De l'antique manoir !

J'aime, en la nuit limpide,
Phébé, blonde et timide,
Jetant son voile humide
Sur les roses du soir !

Mais j'aime mieux Fleurette,
Qui m'a dit : O bonheur !
Pauvre fou de poëte,
Prends mon cœur pour ton cœur !

J'aime les saturnales,
Les grandes bacchanales
Et les voix infernales
Dans les festins pompeux !
J'aime aussi des villages
Les paisibles ombrages
Et les danses volages
Sous les ormes poudreux !

Mais j'aime mieux Fleurette,
Qui m'a dit : O bonheur !
Pauvre fou de poëte,
Prends mon cœur pour ton cœur !

J'aime dans les orgies
Voir des lèvres rougies,
Et l'éclat des bougies
Sur les fronts rayonnants !
J'aime la fiancée,

A l'église oppressée,
Sa blanche main passée
Sous un bras de vingt ans !

Mais j'aime mieux Fleurette,
Qui m'a dit : O bonheur !
Pauvre fou de poëte,
Prends mon cœur pour ton cœur !

Villèle (Pyrénées) , 1842.

Venise, le ciel bleu, la mer, les femmes brunes,
Les flots venant baiser les humides lagunes,
Le vieux pont des Soupirs au fond du Rialto,
Et les fiers gondoliers se jouant sur les dunes,

        Tout cela c'est bien beau !
Mais moi je donnerais Venise tout entière
        Pour revoir un seul jour
        Le chaume solitaire
        Où languit mon amour !

Florence l'amoureuse au sein des verts ombrages,
La cathédrale sainte aux merveilleux vitrages,
Les palais éclatants reflétés dans l'Arno,
Puis des bravi, le soir, les étranges visages,
        Tout cela c'est bien beau !
Mais moi je donnerais Florence tout entière
        Pour revoir un seul jour
        Le chaume solitaire
        Où languit mon amour !

A Venise, admirer les vieux balcons gothiques,
Voir glisser dans la nuit les gondoles mystiques
Emportant les amants sur les bords du Lido ;
A Florence, prier les vierges angéliques,
        Oh ! cela c'est bien beau !
Eh bien ! je donnerais et Venise et Florence
        Pour revoir un seul jour
        Le doux pays de France
        Où s'éteint mon amour !

                              Venise, 1842.

Sur le lit d'agonie, à mon heure dernière,
Je viens à toi, mon Dieu, le cœur faible et tremblant,
Implorer le pardon de ma faute première,
Afin de détourner la divine colère
De mon front accablé, soumis et repentant!

Et dans l'église en deuil on chante les louanges,
    L'hymne du saint adieu ,
Car du ciel vont venir les célestes phalanges...
    Hosanna ! gloire à Dieu !

Dans la nuit de mon cloître, une image de femme,
Comme le mauvais ange apparut à mes yeux...
Elle tenta mes sens par sa mondaine flamme,
Puis des feux inconnus vinrent me brûler l'âme,
Et j'abandonnai tout... mes serments et les çieux !

Mais toujours dans l'église on chante les louanges,
    L'hymne du saint adieu ,
Car pour moi vont venir les célestes phalanges...
    Hosanna ! gloire à Dieu !...

Oh ! tu m'as bien puni de ma faute suprême,
Car tu brisas mes jours dans ta sainte fureur,
Et sur mon front maudit tu lanças l'anathème...
Mais au pécheur mourant qui s'incline et qui t'aime,
Tu pardonnes enfin, tout-puissant Rédempteur !

Et maintenant, vibrez, chœurs des saintes louanges,
    L'hymne sublime à Dieu...
Voici venir du ciel les célestes phalanges...
    Hosanna ! gloire à Dieu !

Après une visite à l'Abbaye-aux-Bois, 1842.

Moi, je suis le vengeur des faibles de la terre,
Je suis l'ange de Dieu qui console ici-bas !
Dans l'éternelle nuit je veille solitaire,
Et sur mon front béni rayonne la lumière
Comme un fanal divin dans la nuit du trépas.

Je plane radieux dans les sphères bénies,
Comme le messager des ordres souverains !
Ma voix du Tout-Puissant chante les harmonies,
Et mes regards, pareils aux flammes infinies,
Guident les voyageurs dans les sombres chemins !

Sur les peuples soumis à ma voix tutélaire,
Je sème les bienfaits d'un Dieu puissant et bon ;
Mais quand ce Roi des rois, dans sa sainte colère,
Sur un front révolté lance sa foudre altière,
Je lève un bras vengeur et frappe sans pardon...
     Car je suis du Seigneur
     L'archange magnanime,
     Et mon glaive sublime
     Du démon fut vainqueur !

Vision.

✿

Idole de mon âme, ô ma lyre chérie,
Mon unique soutien en cette triste vie !
Tu vois mon cœur, hélas ! accablé de douleurs,
Et mes yeux s'épuiser à répandre des pleurs...

Toi seule peux charmer mes chagrins, mes alarmes !...
Tu peux seule arrêter le torrent de mes larmes
    Et mettre fin à mes tourments !
    Abandonne, ô lire chérie,
      Pour me rendre à la vie,
      Un seul de tes accents!

O charme ravissant ! divine poésie !...
Toi qui glisses au cœur une douce harmonie,
Qui captives les sens par tes nobles transports,
Qui fais retentir l'air de gracieux accords,
Oh ! prête-moi les chants pour calmer en mon âme
Les secrets douloureux d'une trop douce flamme...
    Et puis mets fin à mes tourments !
    Abandonne, ô lyre chérie !
      Pour me rendre à la vie,
      Un seul de tes accents !

Hélas ! que ne peux-tu, par ta douce harmonie,
Fléchir des immortels la puissance infinie,
Les toucher de mes maux, leur arracher des pleurs
Au récit douloureux de mes longues douleurs !...
Hélas ! que ne peux-tu me rendre mon amante,
De beauté, de vertus toute resplendissante !
    Vain espoir ! cruels tourments !
    Abandonne ! ô lyre chérie,
      Pour me rendre à la vie,
      Un seul de tes accents !

    · · · · · · · · · ·

Mes cris ne furent point entendus de la Parque,
L'inflexible nocher ne tourna point sa barque...
Je la vis m'appelant, me tendre avec amour
Ses bras charmants... et puis s'éloigner sans retour...
Mais aux sons de ma lyre accourt avec mystère
Un sylphe blanc qui glisse et flotte sur la terre...

Son pied léger frémit...
Il a frappé minuit !
Il s'avance !
Silence !
Il court, il danse
Et son corps se balance !...
Son œil noir est ouvert !...
Oh ! mon Dieu, qu'elle est belle !...
Sa voix chante dans l'air...
C'est elle !

Oh ! merci, célestes accents
De ma lyre, ma seule amie !
Vous mettez fin à mes tourments
Et me rendez à la vie !...

◇

O beau voyageur blanc, tu quittes nos parages,
Nos lacs aux flots d'azur, nos ondoyants mirages,
    Nos antiques palmiers,
Et l'ombrage odorant des gracieux platanes

Où viennent s'abriter les longues caravanes
    Et les noirs cavaliers !

Tu ne reverras plus les gazelles légères
Courir en bondissant dans les hautes bruyères,
    Au doux vent de la nuit ;
Ni l'ange des élus, pâle et sublime idole,
Passer, le front brillant sous sa sainte auréole,
    Comme un éclair qui fuit !

Tu ne reverras plus nos cavales brûlantes
S'élancer au désert, fougueuses, haletantes,
    Les naseaux pleins d'ardeur,
Plus belles en leur course insensée, éperdue,
Que l'aigle défiant au plus haut de la nue
    Les foudres du Seigneur !

Ton cœur n'entendra plus les grandes harmonies
Que la brise du soir nous apporte bénies,
    Échos mystérieux
Dont chaque accord divin vient répandre en notre âme
Ce céleste parfum de croyance et de flamme
    Que nous lèguent les cieux !

Adieu !... Mais souviens-toi que sur ce beau rivage
Il était une enfant sombre, triste et sauvage,
    Dont toi seul fus le dieu...
Séparée à jamais de tout ce qu'elle adore,

La pauvre enfant en pleurs, de ta grâce n'implore
     Qu'un baiser pour adieu !

Ptolémaïs (Égypte) , 1842.

Larmes amères.

Tombez, larmes amères,
Oh! tombez de mes yeux!
Mes rêves éphémères
Sont envolés aux cieux...

Mes rêves éphémères,
Beaux rêves que j'aimais !
Sont enfuis pour jamais !...
Tombez , larmes amères,
Sur les fleurs solitaires
De mes sombres regrets !

Tombez , larmes amères,
Oh ! tombez de mes yeux !
Les enivrants mystères
Des âges amoureux...
Les enivrants mystères,
Que tout enfant j'aimais,
Sont perdus pour jamais !
Tombez , larmes amères,
Sur les fleurs solitaires
De mes sombres regrets !

Tombez, larmes amères,
Oh ! tombez de mes yeux !
Dans les nuits funéraires,
Mon doux ange des cieux...
Dans les nuits funéraires,
L'ange que j'adorais
Est parti pour jamais !
Tombez, larmes amères,
Sur les fleurs solitaires
De mes sombres regrets !

Il Barcajuolo.

(LE GONDOLIER.)

✿

Oh ! de la balancelle,
Gondolier, bel ami,
Le vent est endormi
Sur Venise la Belle !

Si tu veux beau rameur,
Lancer ta barque frêle...
A toi mon escarcelle,
Car je suis grand seigneur !

Ma sante est à l'égliise,
Qui prie en m'attendant.
Réponds-moi donc, enfant !
Je vois venir la brise...

. . . .

Mais l'orgueilleux rameur
S'éloigna du rivage
En riant de la rage
Du superbe seigneur !...

Venise.

Mystère.

◇

Il est une femme, un bel ange,
Blanc chérubin béni des cieux,
Dont ma voix chante la louange,
Dont j'aime le front soucieux !

Ses yeux bleus, reflets de son âme,
Pénétrent mon cœur et mes sens,
C'est comme un doux soleil de flamme
Plein de rayons éblouissants...

Ses blonds cheveux, trésors d'ivresse,
Inondent son corps enivrant ;
Le vent du soir qui les caresse
M'apporte leur parfum brûlant.
Sa voix, sainte et vague harmonie,
Sa voix d'amour, douceur de miel,
Me parle la langue infinie
Que chantent les anges du ciel !

Un soir, à l'heure du mystère,
Mon ange m'apparut soudain ;
Son front divin était austère ;
Moi, je saisis sa blanche main...
Puis je lui dit : Mon bien suprême,
Toi seule est ma vie ici-bas.
A deux genoux, vois-tu, je t'aime !...
Mais l'ange ne répondit pas !

Sarah.

Quel est l'oiseau de Dieu qui glisse entre les fleurs
        Plus promptement que la gazelle,
        Plus vivement que l'étincelle,
Et qui chante le soir sous les saules pleureurs?...
        Ah! c'est elle! Sarah la belle!...

Sur le cristal mouvant qui réfléchit les cieux,
  Sarah, la brune nonchalante,
  Se berce inquiète et tremblante
En regardant s'enfuir sur les flots sinueux
  Son image rêveuse et charmante !

Heureux qui pourrait seul, sous son léger rempart
  De blonde gaze ou de dentelle,
  Voir cette enfant ! Sarah la belle !
Respirer son haleine, et baigner son regard
  Au fond de sa vive prunelle !

Alors que son visage, à travers les roseaux,
  Divin comme un songe de femme,
  Apparaît rayonnant de flamme !
Alors que des chants purs de zéphyrs et d'oiseaux
  Font tristement rêver son âme !...

  . . . .
  De la juive, comme la nuit,
  Le cœur est imposant et sombre :
  C'est que sous de longs pleurs sans nombre
  Son espoir chaque jour s'enfuit !

  C'est que ces oiseaux, ce zéphyre,
  Ces bois, ces ombrages si frais,
  L'onde bleue et ses doux attraits,
  Las ! ne peuvent plus lui suffire !

  C'est bien peu que l'amour des champs

Pour elle, incomprise, dont l'àme,
Enivrante et noble, réclame
Des regards et des mots brûlants !...

. . . .

. . . .

Sur le cristal mouvant, va , berce tes douleurs.
Sarah ! Sarah ! moins de vitesse...
Lentement chanté ta détresse...
Le funèbre couvert des grands saules pleureurs
Peut seul ombrager ta tristesse !...

NOTICE.

—o◉o—

Kérillis (Alfred de), jeune poëte breton, a
succombé, à Paris, à une courte maladie, le 29 du mois
dernier, avant d'avoir complété sa vingt-unième année.
Des travaux littéraires recueillis et encore inédits, qui
ne tarderont pas être publiés par une main amie (celle
de M. Auguste Le Gallois), feront vivre le souvenir
d'un caractère peu commun, et d'une existence déjà si-
gnalée par de rares vertus privées.

Alfred de Kérillis était petit-fils de feu le baron de
Miolis, ancien préfet du Finistère, neveu de l'ancien

évêque de Digne, et du lieutenant-général comte de Miolis, qui exerçait sous l'Empire les fonctions de gouverneur des États romains.　　　　C. G.

(*Dictionnaire de Biographie*, nᵒ 148, p. 240.)

———

L'éditeur Le Gallois nous annonce pour paraître prochainement, sous le titre de *Lafontenelle*, ou *le Dernier Ligueur*, un ouvrage historique de feu Alfred de Kérillis. *Lafontenelle* renferme le résumé des guerres intestines qui ensanglantèrent la Bretagne au 16ᵉ siècle, et dans lesquelles ce célèbre chef de partisans joua un rôle si important. Une notice fort intéressante précèdera le premier volume.

Cet ouvrage sera livré à la publicité, grâce aux soins de M. Auguste Le Gallois. Il semble dévolu à cet éditeur, qui, il y a quelque temps, a mis au jour *Hénoch*, de M. Delanouc, autre jeune poëte, mort à l'âge de 22 ans, de ressusciter les morts aux belles âmes. Les vivants l'ont ravi à notre scène, et traîné pendant longtemps en prison. Les morts nous le rendent, comme il nous rend les morts.

Alfred de Kérillis.

C'était un noble enfant de cette noble terre
Où les vieux souvenirs bondissent dans les cœurs,
C'était un noble enfant à la pensée austère,
Parcourant ici-bas le sentier solitaire
        Des amères douleurs !

Il aimait à rêver sur les grèves désertes
Que l'immense Océan inonde de ses flots,
Il tressaillait au bruit des grandes algues vertes
Que la mer vient jeter sur les masses inertes
     Des rochers en lambeaux.

Et puis il souriait au fracas des tempêtes,
Aux vents désordonnés vomissant leur courroux ;
Alors son front brillait comme ceux des poëtes
Au spectacle imposant des gigantesques fêtes ,
     Que Dieu créa pour nous !

Parfois il s'en allait, rêveur mélancolique,
Se reposer paisible à l'ombre d'un manoir ;
Là, son âme écoutait cette plainte mystique
Que font entendre en chœur, dans leur langue angélique,
     Les doux échos du soir...

Il ne voyait partout que fleurs, que poésie,
Que purs rayons d'amour, que doux parfums de miel ;
A la coupe sublime où le ciel nous convie
Il voulut aspirer la céleste ambroisie,
     Et n'y but que le fiel.

Pauvre enfant !... Puis jamais une image de femme
Ne vint troubler l'ardeur de ses songes de feu ;
Jamais d'éclairs brûlants d'une mondaine flamme !...
Mais deux amours cachés fleurissaient dans son âme...
     Sa tendre mère et Dieu !

Pourtant il crut trouver un cœur pour le comprendre ;
Lors il lui confia ses peines, ses douleurs...
Il lui dit : Mon ami, toi, tu daignes m'entendre !...
Mais l'ami, sans pitié, brisa cette âme tendre
      En riant de ses pleurs.

Et l'enfant fut perdu !... Pour cette âme souffrante
Il ne fallait qu'un peu d'espérance et d'amour,
Il ne fallait qu'un mot d'une voix consolante,
Un regard, un sourire, une amitié touchante
      Et l'aube d'un beau jour.

On le trompa !... mon Dieu ! que cela fut indigne !...
Car ce rire moqueur brisa l'homme naissant !
Il s'éteignit sans bruit, pareil au chant du cygne,
Et s'envola, le front marqué d'un divin signe,
      Vers le Roi tout-puissant !

      Oh ! dans ces nuits de paix profonde
      Où tout est calme et rayonnant,
      Alors que ton œil sur le monde
      Lançait son regard éclatant,
      J'eusse voulu, joie et délire,
      Écoutant ta sublime lyre,
      Moduler ses accords divins,
      Te dire en souriant : Mon frère,
      La vie est belle, espère, espère,
      Il est encor des jours sereins !

Oui, si le ciel, dans sa clémence,
M'avait jeté sur ton chemin
Comme le jalon d'espérance
Qui guide le pâtre incertain,
Je t'eusse dit : Mon fier poëte,
Ne courbes pas ta jeune tête
Sous le poids des amers tourments ;
Il est un radieux domaine
Où flotte la pensée humaine
Dans un ciel de ravissements !

Sous de sombres cyprès maintenant il repose,
Éloigné pour toujours des faux bruits d'ici-bas.
L'homme forme un projet, puis après Dieu dispose.
Ainsi s'évanouit la fleur à peine éclose,
Ainsi, l'aube au matin !... puis au soir le trépas !...

Malfilâtre, Gilbert, Chatterton, fier Escousse,
Recevez un ami dans vos bras généreux !
Vous le savez : le cœur s'atrophie et s'émousse
Quand, au lieu de l'espoir d'une affection douce,
Il ne trouve en chemin que l'oubli des heureux !

Adieu donc, pauvre enfant, pauvre ami, pauvre frère,
Adieu jusqu'au réveil d'un jour plus rayonnant !
Tu fus créé trop pur pour notre aride terre,
C'est pourquoi Dieu, fermant tes grands yeux de lumière,
Pour frères t'a donné ses anges, pauvre enfant !

Oh ! sois le bienheureux dans la sainte patrie,
Toi qui, semblable au Christ, subit l'amer tourment !
Pense aussi quelquefois à ta mère chérie ;
Et dans les purs accents de ta langue infinie,
Donne quelques regrets à ceux qui vont pleurant !

Adieu, prends donc ton vol vers le ciel, mon poëte !
C'est Dieu qui l'a voulu, sa volonté soit faite !

9 782019 142698